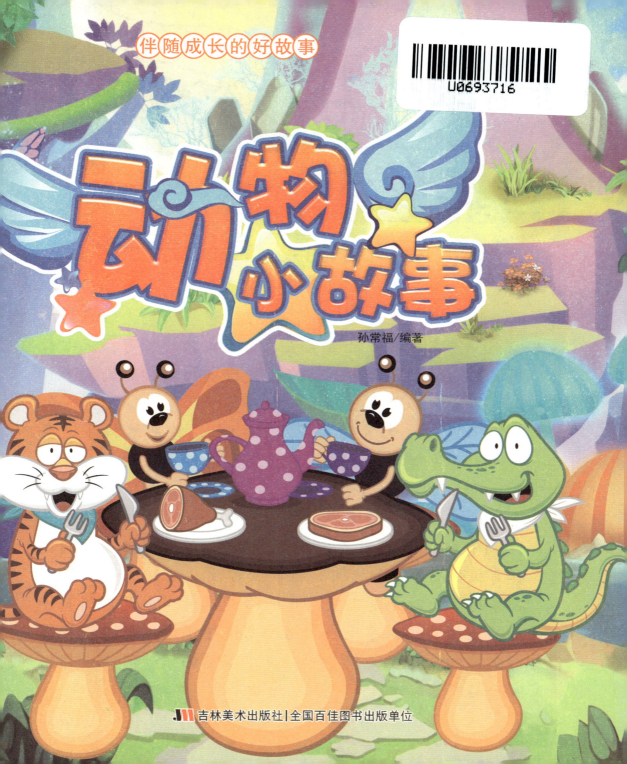

# 共享温馨的亲子时光

宁静的夜晚，温馨的灯光，年轻的爸爸妈妈，轻轻捧起这本小书，倚在床头，让宝宝头枕自己柔软的臂弯，沉心静气，用温柔的语调轻轻带领宝宝，走进美妙而神奇的故事世界，走进甜蜜而灿烂的七彩梦乡。

我们根据广大宝宝的心理成长特点，特别编辑了这套"七彩阳光童书馆"，主要精选宝宝们喜闻乐见的经典故事和常见知识，优化组合，精心配套，完整组成了宝宝的阅读体系。这些故事，语言浅显明白，适宜阅读听讲，图文并茂，生动有趣，既能激发宝宝的想象，又能开拓宝宝的视野，具有极强的启迪性、可读性和欣赏性。

温馨的亲子时光是宝宝每晚的心灵期待，也是伴随孩子一生最美好的回忆，希望我们这套书能像涓涓细流，流淌进父母和宝宝的心田，与您共同分享这温馨的亲子时光，伴随着宝宝一起成长。

# 目录

# 老鹰报恩

lǎo yīng bào ēn

从前有个长工，名叫福添寿，他是个心地善良的人。一天，他在树林中砍柴，突然听见树上传来了一阵阵的翅膀拍打声。他循声望去，只见一根大树枝上，有一只老鹰被鸟夹夹住了脚。

福添寿马上放下柴担，猴子般地爬上了树。原来是一只鹰，不

小心踩到了鸟夹。他扳住鸟夹，一使劲，

老鹰"扑棱棱"地飞起来了，欢叫一声，

冲天而去。

很快半年过去了，有一天，福添寿

在地里干活。到了中午，他干累了，便

想找个遮阴的地方休息一会儿。

正好附近有座残壁，墙下有一块石板地。于是，福添寿就在石板上舒舒服服地躺了下来。他怕睡着时着凉，就将衣服盖在自己头上。他睡得正香，突然觉得身上一阵凉意，他醒来一看，原来是一只老鹰抓起他的衣服飞在空中。

福添寿大叫一声，跳起身来

去追。他仔细一看，这鹰正是那天救下的那只。他边叫边追，才跑出二三十步，背后"哗啦"一声，那堵残墙就塌了。

这时他才醒悟，原来这鹰是来报恩的，若不是这老鹰，今天他准没命了。

我们做什么事，都要有认真负责的态度，不能马虎大意。

# 大雁的启示

大雁飞翔时，本来不排队，它们飞了一整天，到了夜晚，就栖在河边、草丛、芦苇边。

老雁知道：白天飞得高，猎人瞄不准，却总是趁这会儿带着火枪来打雁。因此，每到夜晚都留下守夜的雁。

这天晚上，老雁照旧安排好守夜的大雁，并嘱咐它说："千万不能打瞌睡！一听有脚步声，一见有红火闪动，就赶紧提醒大伙！"

守夜大雁不耐烦地说："爷爷，您就放心去睡吧！我都

9

知道了。”

秋末冬初时，夜里冷，守夜的大雁守到半夜，看看天说：“这么坏的天气，猎人是不会来的，还不如暖和地睡一觉。”

其实，打雁人也有算计：守夜的雁到天亮时最困，遇上坏天气，就会更大意。于是，打雁人果然来了，“轰！”一

zhèn yān huǒ mào qǐ     zhǐ fēi zǒu yì
阵烟火冒起，只飞走一

zhī dà yàn   shèng xia de dōu bèi dǎ
只大雁，剩下的都被打

sǐ le
死了！

fēi zǒu de dà
飞走的大

yàn jiù shì nà zhī lǎo yàn   hòu lái   lǎo yàn bǎ zhè jiàn shì gào
雁就是那只老雁。后来，老雁把这件事告

su suǒ yǒu dà yàn
诉所有大雁。

ér qiě hái pà hòu dài bǎ zhè tòng xīn de shì gěi wàng
而且还怕后代把这痛心的事给忘

le     jiù xiǎng chū le yí gè yǒng yuǎn wàng bu liǎo de fǎ zi
了，就想出了一个永远忘不了的法子，

jiù shì qǐ fēi shí pái chéng   yī   zì
就是起飞时排成"一"字

hé   rén   zì
和"人"字。

我们要看到自己缺点，克服自己的不足。

māo tóu yīng bān jiā
# 猫头鹰搬家

māo tóu yīng shì rén lèi de péng you
猫头鹰是人类的朋友，
yìng gāi shòu dào rén men huān yíng　kě shì zhù
应该受到人们欢迎。可是住
zài shù lín páng biān nà xiē rén què bìng bù xǐ
在树林旁边那些人却并不喜
huān māo tóu yīng zuò tā men de lín jū　yīn wèi
欢猫头鹰做他们的邻居，因为
tā de jiào shēng shí zài tài nán tīng le
它的叫声实在太难听了。

māo tóu yīng gǎn dào shí fēn kǔ nǎo
猫头鹰感到十分苦恼，
tā cóng zhè ge wō nuó dào nà ge wō　kě
它从这个窝挪到那个窝，可

bù guǎn nuó dào nǎ ge dì fang　　zǒng tīng dào rén men zé guài hé
不管挪到哪个地方，总听到人们责怪和

chì mà de shēng yīn　māo tóu yīng xiǎng　　zhè lǐ de rén shí zài
斥骂的声音。猫头鹰想：这里的人实在

tài kè bó le　　wǒ yí dìng yào bān de yuǎn yuǎn de　　zhè yàng
太刻薄了，我一定要搬得远远的，这样

jiù méi yǒu rén xián qì le　　　tā fēi ya fēi　　yǐ jīng jīn pí
就没有人嫌弃了！　它飞呀飞，已经筋疲

lì jìn　　cái kěn tíng zài tú zhōng lín zi li xiū xi
力尽，才肯停在途中林子里休息。

一只斑鸠看见猫头鹰那副又沮丧又疲惫的样子，就问："你累成这样子，要去干什么呢？"

猫头鹰说出了事情的缘由。这时，斑鸠笑了笑说："搬家就解决问题了吗？你的叫声实在难听，令人不敢恭维，尤其晚上，所以大家都讨厌你。"

斑鸠接着说："其实，你只要把声音改一下，或者在晚上闭上嘴巴不叫，在这林子里，你还是可以住下来的。如果你不改变叫声或者夜晚鸣叫的习惯，即使搬到另外一个地方，那里的人照样讨厌你。"

猫头鹰说：

"我终于醒悟了，我应该改掉自己的缺点啊，这样我才能成为大家的好朋友！"

# 杜鹃救森林

春天来了，鸟儿们为建巢忙得团团转。只有刚长大的杜鹃一点头绪也没有，不知道怎么着手造窝。

于是它痛苦地叫道："咕咕！咕咕！咕咕！"

16

下蛋时，杜鹃只好把蛋下在别的鸟的窝里。在这个窝里下一个，在那个窝里下一个，最后一个蛋它下在了鹊鸲鸟的窝里。

鹊鸲孵出了小鸟，四只小的，一只个儿很大。它去找吃的，回来一看四只小的都不在了，只有个大家伙蹲在窝里。鹊鸽鸟马上明白了："你是只黑了良心的鸟，我把你给拉扯大，你倒是把我的孩子全给拱出了窝。你马上给我滚开！"

杜鹃飞来了："在你面前我感到害羞，我会将功

补过。你看，来了许多大毛虫，它们把森林毁了，鸟儿们去哪儿做窝？我来吃了它们。没有别的鸟能吃它们，尖毛这么长，肉这么苦，我却能吃，我能救森林。"

从此，杜鹃就做歼灭森林天敌的工作，天天吃害虫。而筑巢的本领它总也学不会，所以一到春天它就叫："咕咕！我怎么办哟，窝怎么造哟？"

19

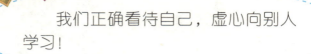
我们正确看待自己，虚心向别人学习！

# 好学的小麻雀

有一只黄嘴小麻雀叫普季克，住在澡堂的画框后面那个温暖的窝里。它还不会飞，只能拍打着翅膀，一个劲儿地往麻雀窝外面东张西望，想快点儿知道世界的样子。

麻雀妈妈

20

看见了，不放心，就
说：“孩子，小心点儿，
会掉下去的！”

“摔下去会怎么样？”小麻雀问。

“你一摔下去，猫就会把你给吃
了！”麻雀爸爸给它解释。

日子一天天过去，可翅膀长得不紧
不慢。有一回刮风，小麻雀又问：“这是
怎么回事？”

麻雀妈妈给它解释："刮风时要当心。不当心的话，风会把你刮到地上，让猫给吃了！"

有一天，小麻雀蹲在麻雀窝的边上，一不小心就掉到窝下边去了。

一只眼睛绿莹莹的大红猫，正

好等在那
里。小麻雀慌
作一团，拼命拍
翅膀，浑身直哆嗦。

这时，麻雀妈妈飞了下
来，把小麻雀推到了一边，但是它的尾
巴却被猫咬没了。

后来小麻雀终于会飞了。它看
着妈妈那光秃秃的尾
巴，心里很
是难过。

我们应该学会互相帮助、互相关心、互相爱护。

# 互帮互爱的动物

在一个寒冷的冬天，到处盖满了雪。小白兔没有东西吃了，于是它跑出门去找。这时它想：天这么冷，小猴也会很饿。我找到了东西，去和它一起吃。

找到两个萝卜的小白兔

跑到小猴家，敲敲
门，没人答应。于是，
就吃掉了小萝卜，把大萝卜
留给了小猴。

　　小猴也去外面找吃的了，它
在想：小熊也会很饿。我找
东西和它一起吃。

　　找到许多花生的小猴
向小熊家跑去。跑过
自己的家，它走进屋
子，看见萝卜。它想了想："一定是好
朋友送来的，我把萝卜也带去和小熊一

起吃！"然后跑到小熊家，但是小熊不在家，于是它就把萝卜放在窗台上。

这时，小熊也在外面找吃的，它在想：小白兔也会很饿。我找到了东西，去和它一起吃。

找到坚果的小熊向小白兔家跑去。跑过自己家门的时候，它看见窗台上有一个萝卜，它想了想："一定是好朋友送来的，我把萝卜也带去，和小白兔一起吃。"

小熊跑到小白兔家，看见小白兔睡得正甜哩，它就把萝卜轻轻放在桌子上。小白兔醒来一看："咦！萝卜回来了！"它想了想："肯定是好朋友送来给我吃的。"

我们要学会用智谋取得胜利，平时则要谦虚做人。

# 动物排座次

夜幕降临时，动物们聚在一起闲聊，吹嘘自己的本领。只有水牛悠闲地吃着草。猴子说："不如大家来个比武排座次吧！"

狮子高声说："哪个先和我比

武！”猴子自告奋勇地说：“我来！”

不料聪明的猴子赢过了狮子，狮子只得

灰溜溜地下场。

这时老虎挺身而上，张开血盆大

口，吓得猴子立即认输。老虎洋洋得

意，不屑地瞅着水牛，说：“水牛老

弟，我们先找点水解渴，再来较量。"

水牛表示同意后跑到一个烂泥塘，翻来覆去，身上粘了足有一寸厚的泥巴。不久，老虎和水牛回到了比武场。

老虎不怀好意地说："水牛老弟，咱们干脆不要比武了，我让你咬一口，你

让我咬你一口，怎么样？”

水牛说：“行！那就你先咬吧！”

老虎暗自得意，对准水牛下巴，猛地咬了一口，结果老虎咬了一嘴黄泥。

接着，水牛说：“虎兄，这回轮到我了。”说完，它猛地向前一冲，用尖利的牛角对准老虎的肚皮一撩，老虎的肚皮裂开一个大口子，痛得直喊：“水牛兄弟，我输了！我输了！”

# 黑熊智救猩猩

hēi xióng zhì jiù xīng xing

猩爸爸出远门了，家里只剩下猩
xīng bà ba chū yuǎn mén le    jiā li zhǐ shèng xia xīng

妈妈和小猩猩，偏偏这时，小猩猩生病
mā ma hé xiǎo xīng xing    piān piān zhè shí    xiǎo xīng xing shēng bìng

了，这下可急坏了猩妈
le    zhè xià kě jí huài le xīng mā

妈，无助的猩妈妈抽泣
ma    wú zhù de xīng mā ma chōu qì

起来。
qi lai

这时，梅花鹿小姐从
zhè shí    méi huā lù xiǎo jiě cóng

这儿经过，听见猩妈妈的哭
zhèr    jīng guò    tīng jiàn xīng mā ma de kū

32

声，推门进来询问。知道事情原委后，
梅花鹿小姐建议说："森林武术馆新来
了三位大力士，它们是狮子、老虎、黑
熊，可以找他们帮忙。"

不久，梅花鹿终于到了森林武术
馆，它气喘吁吁地说："小猩猩病了，

你们谁能背它去动物城医院？"

狮子、老虎、黑熊听了都争着去，馆长大象走过来说："到动物城医院，要经过两条河，三座森林。"

黑熊站了出来，说："我去！"后来，小猩猩得救了。

梅花鹿小姐觉得奇怪，就问大象馆长为什么只有黑熊来回跑腿。

大象笑道："因为只有会爬树和游泳的大黑熊才能过河流和森林啊。"

梅花鹿小姐终于恍然大悟：黑熊可真了不起呀！

我们凡事要多想想，不能因贪图小便宜而轻易相信别人。

# diū diào wěi ba de gǒu xióng
# 丢掉尾巴的狗熊

zài hěn jiǔ yǐ qián gǒu xióng zhǎng zhe yì tiáo
在很久以前，狗熊长着一条
hěn cháng hěn piào liang de wěi ba yǒu yì zhī jiǎo huá
很长很漂亮的尾巴。有一只狡猾
de hú li kàn jiàn gǒu xióng de wěi ba bǐ zì jǐ
的狐狸，看见狗熊的尾巴比自己
de cháng bǐ zì jǐ de piào liang xīn li jiù
的长，比自己的漂亮，心里就
hěn bù gāo xìng
很不高兴。

yǒu yì nián dōng tiān hú
有一年冬天，湖

里结了冰。这只狐狸嘴里叼着一条大鱼，故意在狗熊的家门口走来走去，还发出很大的声音。

狗熊终于被吵醒了，开门出来一看，说："狐狸老弟，这么冷的天气，快进屋坐坐吧！"

狐狸把大鱼放在雪地上，说："不坐了，我得赶快烧鱼吃呢！"

37

gǒu xióng yí kàn
狗熊一看,

hǎo dà yì tiáo yú chán
好大一条鱼! 馋

de tā zhí liú kǒu
得它直流口

shuǐ nǐ kuài
水, "你快

shuō nǐ shì zěn me nòng dào
说, 你是怎么弄到

zhè tiáo yú de
这条鱼的? "

jiǎo huá de hú li shuō dào nǐ zài hú miàn de bīng
狡猾的狐狸说道: "你在湖面的冰

shang dǎ gè dòng rán hòu bǎ nǐ de wěi ba cóng zhè ge dòng shēn
上打个洞, 然后把你的尾巴从这个洞伸

dào shuǐ li rán hòu děng dào wěi ba yǎng le jiù shì yú shàng
到水里, 然后等到尾巴痒了, 就是鱼上

gōu le
钩了。"

gǒu xióng tīng de yǎn dōu zhí le kǒu shuǐ zhí wǎng xià
狗熊听得眼都直了, 口水直往下

liú rán hòu tā pǎo dào hú miàn shang zhào hú li jiāo de bàn
流。 然后它跑到湖面上, 照狐狸教的办

法，呀！好凉啊！它等了好久都没有鱼来咬它的尾巴。这时，它的尾巴终于痒了，它用劲一拽，呀！尾巴冻住了！使劲一拉，尾巴给拉断了，只剩下一丁点儿了。

就这样，狗熊上了狐狸的当，白白地把一条美丽的尾巴丢了。

# 小熊猫学礼貌

有一只小熊猫，很不懂规矩，大家都讨厌它。于是，它就想找大象公公请教。

在路上，它见到了猴爷爷，它说"喂！老猴子，大象在哪儿？"

猴爷爷向前面的山顶随便一指。

后来，小熊猫终于爬到山顶上，但是却没看到大象。这时，松鼠婶婶正巧从这儿路过，小熊猫就把这件事情告诉了它。

41

松鼠婶婶说："求人帮忙要说'请'，对长辈说话要称呼'您'，你不尊敬长辈，猴爷爷能告诉你吗？"

小熊猫决定去给猴爷爷赔礼道歉。小熊猫见到了猴爷爷后，说："猴爷爷！刚才是我不好，请原谅。"

"没关系，知错就改是好孩子。"猴爷爷说完，告诉了小熊猫大象公公的家，还说："见了长辈，要问

‘您好’，分别时要说‘再见’。”

小熊猫在河边看见长颈鹿阿姨，它走过去：“长颈鹿阿姨，您好！”长颈鹿见它懂礼貌，就把它送过了河。

小熊猫终于来到大象公公的家。

大象公公慈祥地说：“乖孩子，你现在已经是一个懂礼貌的孩子啦！”

每个人的心里都有一头潜力睡狮，
要相信自己，激发出自身的潜力。

# 唤醒心中的睡狮

森林里住着狮妈妈和一只小狮子。

小狮子整天跟着妈妈，从来没离开过。

有一天，狮

妈妈在睡觉，小

狮子独自在森林里玩。不知不觉中，小狮子已经走得很远，找不到回家的路了。它很害怕，一边跑一边呼唤着母亲，但没有听到回答。

这时一只绵羊听到了叫声，就收养了这只迷路的小狮子。从此绵羊和小狮子在一起生活，并且非常快乐。

直至有一天，一只雄伟的狮子出现了。它站在对面的山顶上，在天空的衬托下，轮廓鲜明，高大伟岸。它的吼声在山谷里回荡，久久不停。绵羊站在那儿，吓得发抖，浑身瘫软。

当小狮子听到这个

声音时，它有一种从未有过的奇怪感觉袭遍全身。那只狮子的吼声唤醒了一直隐藏在它身体里的本性，唤醒了它以前从未体验过的一种全新的力量。

迷失的狮子找回了自己。其实，我们每个人的心里都有一只睡狮，只是如何唤醒它的问题。正如那只小狮子，它一旦发现自己是一只狮子，就再也不会满足于一只绵羊的生活了。

我们要仔细观察事物，遇到事情要理智。

# 猴子捞月亮
hóu zi lāo yuè liang

从前，在一座高高的山上住着一群
cóng qián zài yí zuò gāo gāo de shān shang zhù zhe yì qún

活泼可爱的小猴子。有一天晚上，月亮
huó pō kě ài de xiǎo hóu zi yǒu yì tiān wǎn shang yuè liang

又亮又圆。小猴子们
yòu liàng yòu yuán xiǎo hóu zi men

一起下山来玩。
yì qǐ xià shān lái wán

一只小猴子
yì zhī xiǎo hóu zi

看见一口水井，它
kàn jiàn yì kǒu shuǐ jǐng tā

趴在井沿上朝井里
pā zài jǐng yán shang cháo jǐng li

yí kàn jiù dà shēng
一看，就大声
jiào hǎn bù hǎo
叫喊："不好
le bù hǎo le
了！不好了！
yuè liang diào zài jǐng
月亮掉在井
li le
里了！"

hóu mā ma tīng jiàn le yě
猴妈妈听见了，也
lián máng pǎo guo lai cháo jǐng li
连忙跑过来，朝井里
yí kàn yuè liang guǒ rán zài jǐng li yú shì hóu mā ma
一看，月亮果然在井里。于是，猴妈妈
jiù bǎ xiǎo hóu men dōu hǎn le guò lái yuè liang diào zài jǐng
就把小猴们都喊了过来："月亮掉在井
li le wǒ men gǎn kuài bǎ yuè liang lāo shang lai ba
里了！我们赶快把月亮捞上来吧！"

yú shì dà jiā huor jiù yí gè jiē yí gè dào guà
于是，大家伙儿就一个接一个倒挂
xia lai guà dào jǐng li xiǎng bǎ yuè liang lāo shang
下来，挂到井里，想把月亮捞上

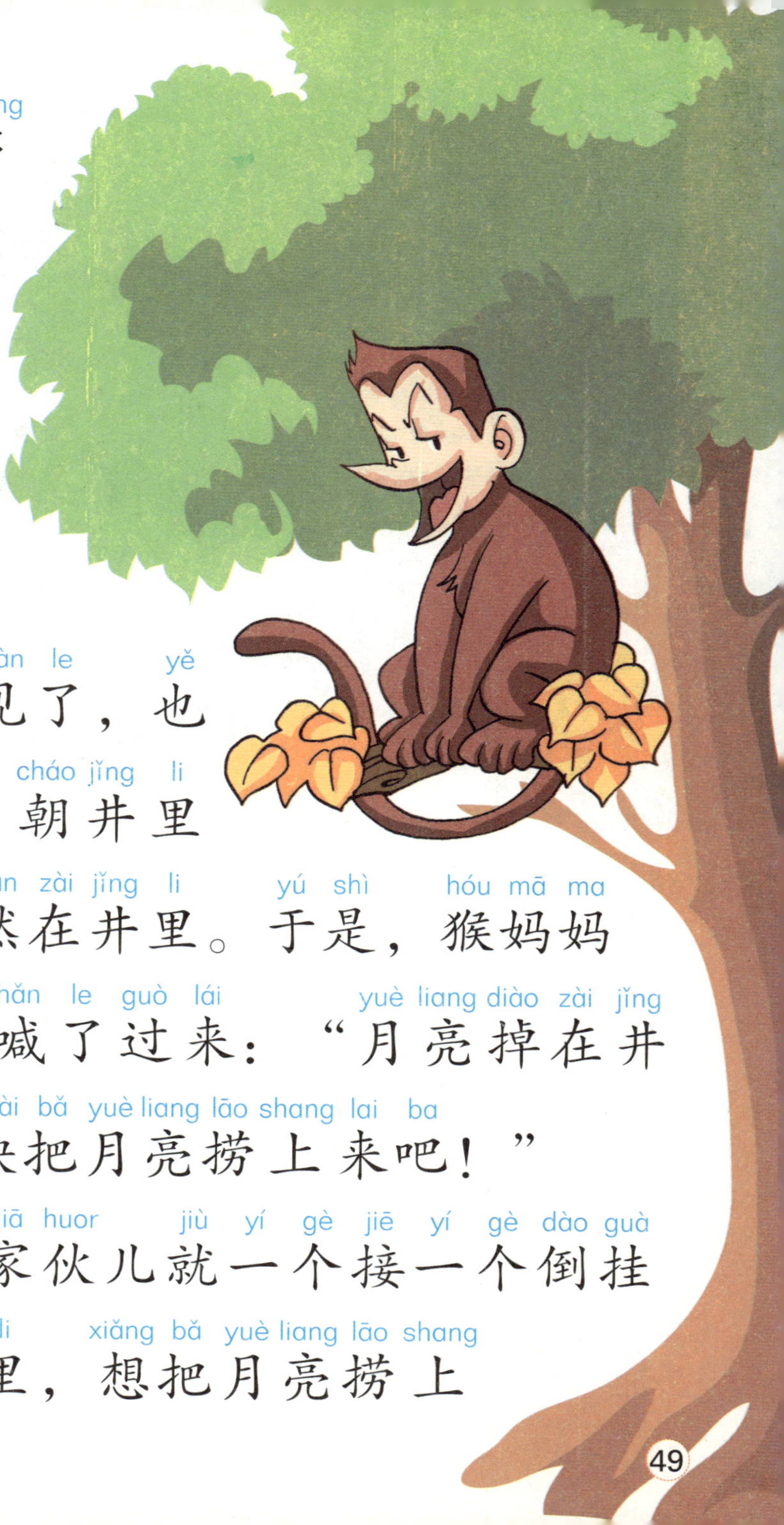

来。当最后一只小猴子把手伸到水里去捞月亮的时候，井水给它一搅，水里的月亮碎成一片一片，在水里荡漾。

小猴子吓得喊起来："不好了！月亮给我抓破了！"过了一会儿，井水慢慢平静了，又亮又圆的月亮又出现了。

小猴子又喊："月亮又圆了！"

小猴子捞了半天，却只捞到一把水。这时，它抬头一看，又圆又亮的月亮还好好儿地挂在天上，就对大家说道："你们看，月亮不是好好儿地挂在天上吗？"

小猴子们一个一个都爬上来，大家看着天上的月亮，不禁笑了起来。

我们应该懂得父母对我们的爱，更要懂得回报。

# 母猴爱子之情

　　有个名叫刘大勇的偷猎者来到金丝猴的产地，想捕获小金丝猴卖钱。于是，他身带猎网、绳子等物，伺机捕捉它们。

　　他耐心地等啊等，双眼盯上了手抱幼猴的母猴。这只随身带着幼猴的母金丝猴径直朝一棵大树跑去，为了跑得快，它不得不将幼猴夹在腋下。可是一个失手，掉下树来。幼猴被震得骨碌碌滚到边上一块厚厚的草地上去了，幸好没受一点儿伤，母猴则一落地又翻身爬起。

刘大勇一见机会来了，于是伸手取下猎网，

<ruby>一<rt>yí</rt></ruby><ruby>下<rt>xià</rt></ruby><ruby>罩<rt>zhào</rt></ruby><ruby>在<rt>zài</rt></ruby><ruby>幼<rt>yòu</rt></ruby><ruby>猴<rt>hóu</rt></ruby><ruby>和<rt>hé</rt></ruby><ruby>母<rt>mǔ</rt></ruby><ruby>猴<rt>hóu</rt></ruby><ruby>的<rt>de</rt></ruby><ruby>身<rt>shēn</rt></ruby><ruby>上<rt>shang</rt></ruby>。<ruby>正<rt>zhèng</rt></ruby><ruby>当<rt>dāng</rt></ruby><ruby>他<rt>tā</rt></ruby><ruby>要<rt>yào</rt></ruby>

<ruby>掀<rt>xiān</rt></ruby><ruby>开<rt>kāi</rt></ruby><ruby>猎<rt>liè</rt></ruby><ruby>网<rt>wǎng</rt></ruby><ruby>的<rt>de</rt></ruby><ruby>一<rt>yì</rt></ruby><ruby>角<rt>jiǎo</rt></ruby>，<ruby>去<rt>qù</rt></ruby><ruby>抓<rt>zhuā</rt></ruby><ruby>幼<rt>yòu</rt></ruby><ruby>猴<rt>hóu</rt></ruby>，<ruby>突<rt>tū</rt></ruby><ruby>然<rt>rán</rt></ruby><ruby>看<rt>kàn</rt></ruby><ruby>见<rt>jiàn</rt></ruby>

<ruby>母<rt>mǔ</rt></ruby><ruby>猴<rt>hóu</rt></ruby><ruby>神<rt>shén</rt></ruby><ruby>色<rt>sè</rt></ruby><ruby>有<rt>yǒu</rt></ruby><ruby>异<rt>yì</rt></ruby>。

<ruby>母<rt>mǔ</rt></ruby><ruby>猴<rt>hóu</rt></ruby><ruby>正<rt>zhèng</rt></ruby><ruby>以<rt>yǐ</rt></ruby><ruby>恳<rt>kěn</rt></ruby><ruby>求<rt>qiú</rt></ruby><ruby>的<rt>de</rt></ruby><ruby>目<rt>mù</rt></ruby><ruby>光<rt>guāng</rt></ruby><ruby>盯<rt>dīng</rt></ruby><ruby>着<rt>zhe</rt></ruby><ruby>他<rt>tā</rt></ruby>，<ruby>用<rt>yòng</rt></ruby><ruby>爪<rt>zhuǎ</rt></ruby>

<ruby>子<rt>zi</rt></ruby><ruby>挤<rt>jǐ</rt></ruby><ruby>了<rt>le</rt></ruby><ruby>挤<rt>jǐ</rt></ruby><ruby>自<rt>zì</rt></ruby><ruby>己<rt>jǐ</rt></ruby><ruby>的<rt>de</rt></ruby><ruby>乳<rt>rǔ</rt></ruby><ruby>房<rt>fáng</rt></ruby>，<ruby>意<rt>yì</rt></ruby><ruby>思<rt>si</rt></ruby><ruby>是<rt>shì</rt></ruby>，<ruby>可<rt>kě</rt></ruby><ruby>怜<rt>lián</rt></ruby><ruby>可<rt>kě</rt></ruby><ruby>怜<rt>lián</rt></ruby>

我吧！我还在喂奶呢！你饶了我吧！

刘大勇见它求情，就放了母猴。然后又去抓幼猴，可母猴不但不逃，反而上前拉住刘大勇的衣裾，一手掀起网角，让幼猴爬出来。刘大勇被它的母爱深深感动了，卷起网，放了它们。母猴见刘大勇放了它们，赶忙抱起幼猴，一溜烟跑进了树林深处。

从那以后，刘大勇再也没有去打猎，并且还一直劝朋友少去作孽。

# 小马两次过河

在小山旁边，住着一匹老马和一匹小马。有一天，老马对小马说："你已经长大了，能帮妈妈做点儿事吗？"

小马高兴地说道："我当然愿意！"

老马说："那好啊！你把这半口袋麦子驮到磨坊去吧！"

老马说完，小马就驮起口袋，飞快地往磨坊跑去了。跑着跑着，一条小河挡住了小马的去路。小马心想：我能过去吗？这时，他看见一头老牛在河边吃草，于是就跑过去，问道："牛伯伯，请您告诉我，我能蹚过这条河吗？"

老牛说："水很浅，你当然可以过去。"说完，小马跑到河边。小马刚要过河。突然跑过来一只松鼠，拦住它大叫："小马！别过河，你会淹死的，我们的同伴就被冲跑了，你可别听老牛的话！"

　　小马没主意了，就跑回了家，把事情告诉了妈妈。妈妈对小马说："孩子，不要光听别人说，自己要动脑筋。"小马听了妈妈的话，立刻跑到河边，跳到水里。果然河水不像老牛伯伯说的那么浅，也不像小松鼠说的那么深。于是，小马背着麦子高高兴兴地过了河。

我们在生活中遇到的失败和困难，都是人生历程中一块成功的垫脚石。

# 掉进井里的驴子

从前，有一个农夫养了一头驴子，农夫对这头驴子非常好。可是随着岁月的流逝，驴子的年龄越来越大，力气也大不如以前了。

有一天，这头驴子不小心掉进村里的一口枯井里。农夫绞尽脑汁地想办法救驴子，最后一筹莫展的农夫决定放弃这头驴子。无论如何，这口井还是得填起来，防止以后再出现这种情况。于是，农夫便拿来铁锹，打算将井中的驴子埋了，以免除它的痛苦。

泥土铲进枯井中的时候，这头驴子意识到了自己的处境，于是，哭得很凄惨。但出人意料的是，一会儿驴子就安静下来了，出什么事了吗？

农夫赶紧探头往井底一看，原来：当铲进井里的泥土落在驴子的身上时，驴子将泥土抖落在一旁，然后站在铲进的泥土堆上面！就这样，驴子将大家铲到它身上的泥土全部抖落在井底，然后再站上去。

很快，这头驴子便成功地上升到了井口！

我们要学习小白兔这种面对危险表现出的机智勇敢。

# 小白兔智除四兽

从前，在森林里松树底下的小洞里住着一只小白兔。离松树两丈远的地方有一个无底深潭，小白兔每天都来这喝水。

有一天，一只狐狸蹲在洞口想捉住小白兔。小白兔急中生智，还没等狐

狸扑上来，自己就从洞里跳出来，指
着深潭对狐狸说："你来得正好，这里
有好可怕的猛兽扎勒！没见我吓得直哆
嗦？"说着掉头就往山上跑去。

狐狸一听，也吓愣了，就跟着小白
兔跑。路上又碰见灰狼、老虎、狮子，

他们听到有扎勒后，也都逃跑了。

后来，在小白兔的带领下，它们来到深潭边。狮子想，我是兽中之王，难道世界上还有比我厉害的动物？于是就对大家说："我跳进深潭把扎勒杀死。”说着，狮子大吼一声，跳了下去。

这时老虎心想：“大王可能正在跟扎勒搏斗！我得赶快进去，显示我的本领。”于是，一头扎进深潭里，狼一看老虎抢了先，怕晚了没有功劳，也急忙跳入水中。紧接着狐狸也跳入深潭。

# hēi māo qiǎo duàn àn
# 黑猫巧断案

yè mù jiàng lín　　yì zhī sì niǎo fēi niǎo de dòng wù cóng
夜幕降临，一只似鸟非鸟的动物从

shù shang fēi luò xia lai　　bǔ shí le yì zhī yíng huǒ chóng　qí
树上飞落下来，捕食了一只萤火虫。其

tā de yíng huǒ chóng xià de sì sàn bēn táo
他的萤火虫吓得四散奔逃。

zhī hòu tā men jué dìng qù bào àn　　tàn
之后它们决定去报案，探

zhǎng hēi māo jiē dài le tā men
长黑猫接待了它们。

hēi māo shuō　　　shuō
黑猫说："说

shuo dāng shí de qíng kuàng
说当时的情况。"

萤火虫们七嘴八舌地描述了"怪物"的样子。但是没有一只萤火虫讲得清楚。

黑猫把萤火虫们打发走了以后，就去了事发现场察看。然后，又向其他邻居打听，但是都说不知道昨晚发生的凶杀案。

这时它抬起头来，惊讶地发现有只青蛙竟趴在树上。黑猫的心头闪过一丝疑惑，它感觉青蛙很值得怀疑。于是，悄悄藏身在一处能看到青蛙的地方。

这时，黑猫看到青蛙竟斜着飞行下来。青蛙怎么会飞？黑猫继续观察这只

奇怪的青蛙。

只见这只"飞蛙"的脚趾大而长，趾间有很宽的蹼膜，在飞行之前，它先吸足空气，使体积增大起来，增加它在空气中的浮力。飞行时，它收拢双腿，张开脚蹼，从树上斜着飞到另一棵树上，捕食萤火虫和其他小昆虫。

黑猫终于弄清了这只"飞蛙"的本来面目，立即将它捉拿归案。

只要有顽强的毅力，不畏艰险，再大的困难也能克服。

# 勇往直前的蚂蚁

一个夏日午后，有个小男孩在屋后树荫下看到一队排成长蛇阵的蚂蚁从他面前经过，偶尔有一两只逆向而行的蚂蚁忙忙碌碌，好像有什么重大事情发生似的。

小男孩静静地伫立观望着，想看一看它们到底

要做什么。时间在一分一秒地流逝，这
孩子忽发奇想：这样的行进大军，切断
它们一下，会怎样呢？于是，他拾了一
块砖，横断在蚂蚁的行列里。

一开始，隔断处的蚁群有些忙乱，
但这情况没持续多久，又连接了一条

"长龙"。 小男孩又在柏树的根部挖了一个坑，蚂蚁的队伍绕着坑，慢慢地摸索，终于再次联成一线，继续前行。

看见它们一次次成功逾越障碍，小男孩不甘失败，他决定要好好儿为难一下蚂蚁。

他转身找来铲子，又拎来一桶水。暂时给蚂蚁大军留下一条通道，而在大树周围挖了

yì tiáo gōu
一条沟，
yòu wǎng gōu
又往沟
li guàn mǎn le
里灌满了
shuǐ zuì hòu yòu
水，最后又
zhǎo lai jiàng hu
找来糨糊，
fēng sǐ le mǎ yǐ de
封死了蚂蚁的
tōng dào zhè xià mǎ yǐ duì
通道。这下，蚂蚁队
wu kě luàn tào le dàn shì fēn zhōng hòu nà dào
伍可乱套了。但是5分钟后，那道
zhuān mén wéi nán tā men de zhǎo zé dì yòu bèi mǎ yǐ qīng
专门为难它们的"沼泽"地又被蚂蚁清
lǐ chéng wéi tōng dào
理成为通道。

kàn zhe tā men bù zhé bù náo yǒng wǎng zhí qián de duì
看着它们不折不挠，勇往直前的队
wu xiǎo nán hái cóng xīn dǐ shēng qǐ yì gǔ qīn pèi zhī qíng
伍，小男孩从心底升起一股钦佩之情。

我们不要轻易相信虚假的谎言、伪装的可怜。

# 鳄鱼的眼泪

有一天，鳄鱼从河里爬出来，受了伤，找不到回家的路了。忽然，它发现，前面不远处有个年轻小伙子，于是，鳄鱼流下眼泪，装出一副很诚恳的样子说："年轻的朋友，我迷了路，帮我一下吧！我将永远感谢你。”

小伙子看鳄鱼很可怜，费好大的力气才将鳄鱼带到河边。

鳄鱼挤出几滴眼泪说：“我非常感动。老实说，我可以毫不费力地吃掉

你，但现在我只要你的一条腿。"

年轻人听了气愤地嚷道："你就是用这样的方式来允诺你给我的奖赏？"

这时，正在打瞌睡的苍鹭大声喊道："喂！你俩在那儿吵什么？"

于是小伙子把事情经过原原本本地告诉了它。苍鹭说："年轻人，我不相信你能背动鳄

78

鱼先生，你能再演示一次吗？”

年经人听后，又背起了鳄鱼，来到了原来的地方。这时苍鹭问道：“鳄鱼兄弟，如果没有年经人的帮助，你能自救吗？”鳄鱼说不能。

从那以后，马来西亚人就将伪善者的眼泪叫做鳄鱼的眼泪。

# 图书在版编目（CIP）数据

动物小故事 / 孙常福编著. — 长春：吉林美术出版
社，2016.1 （2017.8重印）
（伴随成长的好故事）
ISBN 978-7-5575-0323-9

Ⅰ．①动… Ⅱ．①孙… Ⅲ．①儿童故事－作品集－世
界 Ⅳ．①I18

中国版本图书馆CIP数据核字(2015)第269663号

**伴随成长的好故事　动物小故事**

| | | |
|---|---|---|
| 作　　者 | 孙常福 / 编著 | |
| 出 版 人 | 赵国强 | |
| 责任编辑 | 许　刚 | |
| 封面设计 | 大华文苑 | |
| 开　　本 | 730mm×900mm　1/16 | |
| 字　　数 | 56千字 | |
| 印　　张 | 5 | |
| 印　　数 | 1—10000 | |
| 版　　次 | 2016年1月第1版 | |
| 印　　次 | 2017年8月第2次印刷 | |

出版发行　吉林美术出版社
地　　址　长春市人民大街4646号
　　　　　邮编：130021
网　　址　www.jlmspress.com
印　　刷　三河市兴国印务有限公司

书　　号　ISBN 978-7-5575-0323-9　　　　　定　　价：29.80元